幽霊王とキツネの大作戦

弱小FCのきせき

著 マイケル・モーパーゴ
絵 マイケル・フォアマン
訳 佐藤 見果夢

評論社

弱小ＦＣのきせき——幽霊王とキツネの大作戦

2

お話の中に出てくる「幽霊王《ゆうれいおう》」とは、十五世紀《せいき》のイングランドに実在《じつざい》した王様、リチャード三世のことです。王位《おうい》をめぐる「バラ戦争《せんそう》」という戦《たたか》いの最中《さなか》、落馬したところを敵《てき》に殺《ころ》されてしまいました。王様であった期間はたったの二年間でした。

リチャード三世は歴史《れきし》の中でも、最《もっと》も残酷《ざんこく》で悪辣《あくらつ》な王様とされています。それは、リチャード三世の後、王位についた一族が流したうわさのためと、シェークスピアが「リチャード三世」という芝居《しばい》の中で、悪逆《あくぎゃく》非道《ひどう》で醜《みにく》いすがたに描《えが》い

3

たせいといわれています。

現在《げんざい》では、軍事的《ぐんじてき》な才能《さいのう》が豊《ゆた》かで、兄王エドワード四世の治世《ちせい》を忠実《ちゅうじつ》に支《ささ》えた勇敢《ゆうかん》な人物という説《せつ》も主張《しゅちょう》されています。また、ほり出された遺骨《いこつ》から復元《ふくげん》された顔は、なかなかハンサムだということです。

もくじ

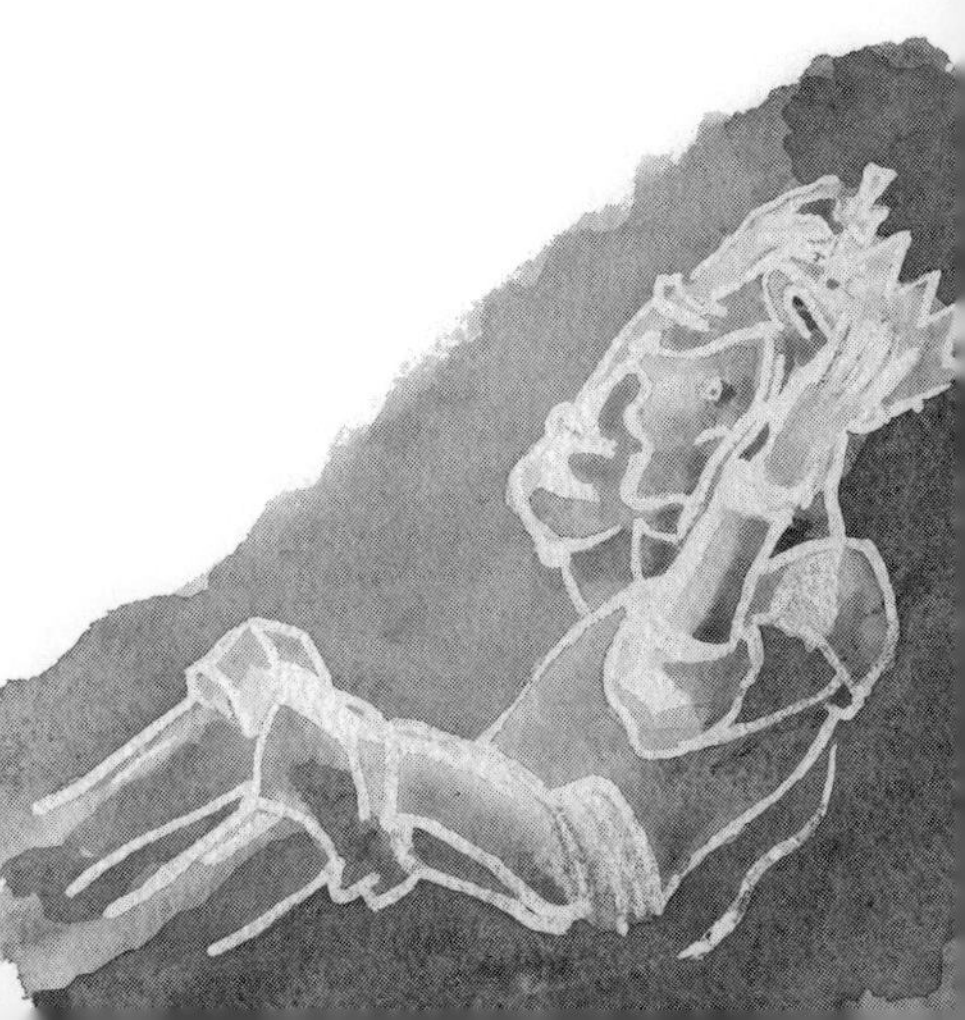

レスター通信

レスターの福ギツネ

今シーズンのレスター・シティーのスタジアムには、サポーターにまじって、キツネが観戦《かんせん》に来ているらしい。夜の試合《しあい》が終わって帰っていくキツネの目撃情報《もくげきじょうほう》が多く寄《よ》せられているほか、昼間の試合でもキツネを見たという声がある。はじめは一ぴきだったが、最近《さいきん》は子ギツネを連《つ》れていることが多いとのこと。しかも、子ギツネがすがたを見せるとレスターが勝つというジンクスが生まれつつある。レスター・シティーは「フォックス」つまりキツネと呼《よ》ばれていることもあって、キツネの目撃情報がある度《たび》にレスターファンのテンションは上がる。フォックスの成績《せいせき》は試合ごとに上を向き、奇跡《きせき》のようにゴールを量産《りょうさん》している。キツネの親子のうわさが増《ふ》えるにつれて、選手《せんしゅ》もサポーターも、チームの勝利を確信《かくしん》しはじめている。今や、地元でレスターの福ギツネを知らない人はいない。

はじまり

13

はじまり

月の明るい夜には、スタジアムであの人と会う。試合《しあい》が終わったあとは、だれもいなくてしずかだし、キツネも幽霊《ゆうれい》も、しずかなところがすきなんだ。

レスターで、ぼくたちの大きなねがいがふたつもかなった。

あの人といっしょにいると、そのことを思い出す。あの時だって夢《ゆめ》かと思って自分をつねったぐらいだけど、これから話すのは、本当にあったことだ。この目で見たし、この耳で聞いて、この鼻でにおいをかいだんだから。

子ギツネのめいよにかけてちかう。

1

19

大よろこび

母さん、父さん、四ひきの子どもたち……レスター市の、ある家の物置《ものおき》の床下《ゆかした》に、キツネの一家が住んでいた。それがうちの家族だ。子どものなかでは、ぼくがリーダーだ。一番大きくて、一番すばしっこくて、一番やんちゃで、一番強い。

小さいころの自分にそっくりだから、こういうやつはきらいじゃないと父さんは言っていた。だから、夜の狩《か》りにぼくを連《つ》れ出してくれたんだと思う。母さんは、おまえがいると安心して狩りができないからと、ぜったい連れていってくれない。たしかに母さんがひとりで狩りにいけば、かならずふとったウサギや、ネズミ、モグラ、ハタネズミやなにかを持って帰ってくる。あまくておいしいおっぱいも、たっぷり出たが、みんなをおしのけてひとりじめしようとすると、母さんはぼくにかみついた。

父さんは、ちがう。父さんも狩りがうまいけど、ゴミ箱あさりの方がすきだそうだ。ゴミ箱はにげていかないいし、いつでもごちそうであふれているからだって。

父さんがゴミ箱から持って帰るのは、ぼくのだいすきなピザや、フライドポテトだ。ぼくはトマトソースがすきで、歯ごたえのある

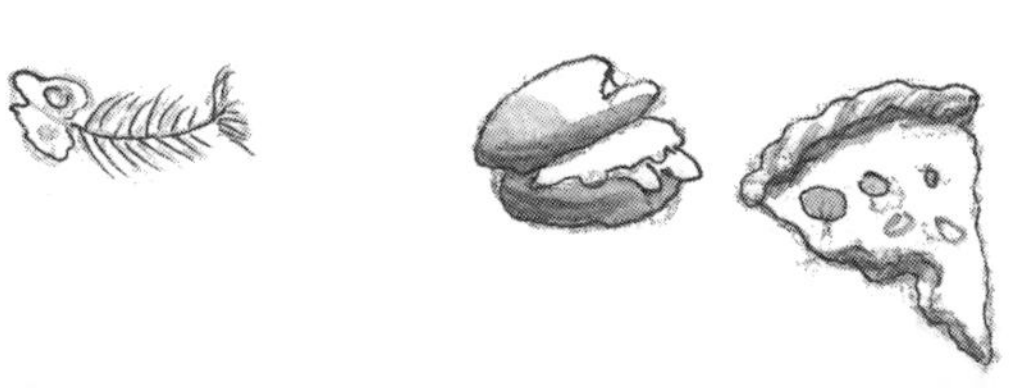

中華風《ちゅうかふう》スペアリブや、食べかけハンバーガーもすきだ。うちの父さんは、世界一のゴミ箱あさりで、世界一のキツネで、世界一の父さんだよ。

しかも父さんには、こわいものがない。そのうちわかるけど……父さんは幽霊《ゆうれい》だろうと、王様だろうと、王様の幽霊だろうと、こわがらない。

家族のことでもうひとつ言っておくことがある。それは、一家そろってサッカーずきだってこと。「フォックス」ことレスター・シティーFC《エフシー》のファンだ。ずっと負けっぱなしだ

23

けど、フォックスは勝とうが負けようが世界一のチームなんだから。

ついでに言うと、町じゅうのキツネ、国じゅうのキツネはほとんど一ぴきのこらずフォックスのファンだ。キツネだから、フォックスがすきなのはあたりまえさ。

父さんは、小さいころからずっと地元の試合《しあい》に通いつづけている。母さんも、赤ちゃんが生まれる時だけ休んで、あとはいつも行っている。ぼくの家族はキツネのにおいがプンプンするすてきな巣穴《すあな》の中で、サッカーの話とおいしい物の話

LEICES
LEICESTER CITY
F.C.
GO
FOXES

ばかりしてくらしている。たしかに、食べ物の話が多い。ピザ、虫、カエル、ネズミ、フライドポテト……すきなメニューはいろいろあるけど、一番もりあがるのはやっぱりフライドポテトの話だな。

あの冬の夜、スタジアムに行こうと父さんからはじめてさそわれて、ぼくがどんなにうれしかったか、わかるかい？

ようやく一人前のキツネになった気がした。あとはただ、このしっぽが、父さんみたいにふさふさになればいいだけだ。ちゃんとしたしっぽがなくちゃ一人前のキツネとは言えないけど、それでもサッカーを見に行けるとなれば、大よろこびだった。

はじめて行った時から、ぼくはむちゅうになった。まぶしいライト、スタンドのどよめき、ホットドッグのにおい、音楽、歌、おうえんの声。

いつ行ってもスタジアムは楽しいけど、負けた時はあんまり楽しくない。

フォックスが負けるといつも父さんは言った。

「審判《しんぱん》が悪いな。相手チームに味方してる」って。

27

父さんはチェルシーがきらいで、ぼくもあのチームは大きらいだ。とくにあの監督《かんとく》が気に入らない。ニワトリみたいな顔した、いやなやつだから。

ぼくは、行ける時にはいつでも、父さんといっしょにスタジアムにでかけた。

行ける時っていうのは、母さんがぼくを行かせてくれる時ってことだ。ぼくのことが心配だと言って、ときどき母さんに引き止められたから。でも、母親ってそんなものだよね。心配するのが仕事ってこと。

この話は、レスターがまたチェルシーに負けた夜にあったことだ。あの夜のことは、今でも、わすれられない。

チェルシーに負けたからじゃない。

試合《しあい》のあと、幽霊《ゆうれい》に会ったからだ。

2

33

なんだかぞっとする

スタジアムからの帰り道、父さんもぼくもきげんが悪かった。

今ごろはチェルシーの監督《かんとく》のモウリーニョが、ニワトリみたいにバカさわぎしてるだろうよと、父さんはくりかえしていた。ニワトリのあつかい方なら、おれたちキツネにまかせてほしい、とも言っていた。

「首根っこにかみついてふりまわしてから、ひと飲みにしてやりたい」

父さんはそう言ったけど、本当は、道にちらかったごちそうをひろいながら歩いていた。ホットドッグに、ビーフバーガー、フィッシュアンドチップス。人間がどれほど色々な物を道にすてるか知ってる？　まあ、そのおかげでぼくは本当にうれしいけど。

そのあと、ゴミ箱をひとつふたつあさって、とけたアイスクリームと、よくかびたチーズを、ありがたくいただいた。気持ちを切りかえて楽しむことにしたんだ。フォックスがまた負けたからって、なんてことないさ。べつにめずらしくもないだろう？

「人生、いいほうに考えような。世界の終わりってわけじゃないさ」

家にむかって、電灯《でんとう》にてらされた通りを歩きながら、父さんは言っていた。

「だって、フォックスは世界一のチームだもの。なあぼうや、そうだろう?」

「そのとおり!」

ぼくはこたえた。

ぼくらは立ちどまってハイタッチをして、そのあと自分のしっぽを追いかけてクルクル三回まわった。三回まわると運がむくんだと、父さんが言った。もちろん、ぼくは、そんなわけないと思ってた。

負けたあとは、かならずといっていいほどそうしてたけど、

37

次の試合《しあい》でもやっぱりまた負けたもの。ぼくを元気づけるためにやってるのは、わかってた。自分が元気を出すためだったのかもしれない。

少しして、だいぶ元気が出たぼくらは、いつもの道を通って、だれもいないガランとした駐車場《ちゅうしゃじょう》に出た。何の工事をしているのかしらないけれど、駐車場の半分ぐらいが決まってほりかえされているので、いつもそこによることにしていた。土がほじくりかえされて、虫をさがすのにちょうどいいんだ。

ぼくと父さんは駐車場《ちゅうしゃじょう》のフェンスをこえた。

つまり、父さんはフェンスの上をとびこえ、ぼくは下をもぐってこえた。それから、ほったばかりの穴《あな》にとびおりて、虫がいないかと土に鼻をくっつけてにおいをかぎ、耳をすました。

ぼくらキツネには、虫が動く音が聞こえるからね。つき出たふたつの耳は、そのためにある。

ぼくは虫をつかまえるのがとくいだ。父さんがつかまえるのを、じっと見ていて、父さんがやる通りにやればいいんだもの。虫とりは楽しい。鼻と耳でさがして、目をこらして待つ。あとはとびかかってつかまえるだけだ。

へんな声が聞こえたのは、つかまえたばかりのふとった虫をムシャムシャ食べていた時だ。すぐ近くのような、それなのにどこか遠くからひびくような、その両方のような声だった。足元の方から聞こえるような気もした。

なんだかうすきみわるい、ぞっとする。そう思った。

父さんにも聞こえたらしくて、ピンと立てた耳をクルクル動かしていた。

へんな声が、また聞こえた。人間の男の声みたいだけれど、地面の下から聞こえてくるようだ。

「キツネがおるな、プンプンにおう。キツネというものはどいつもこいつも、くさったタマネギのにおいをまとっている」

首すじからせなかの毛がぞわっとした。けれど、父さんが少しもこわがっていないから、ぼくもこわがらないことにした。父さんは、あの声はどこから聞こえるのかと、鼻と耳でさぐっている。ぼくも、まねをした。

やがて、父さんが地面にむかってこわい声で言った。

「どんなにおいだろうが、よけいなお世話だよ。どこのどなたかは知らんが、見ず知らずの、しかもあんたに何ひとつ悪いことをしてもいない相手に対して、失礼千万《しつれいせんばん》だろう。ここには息子《むすこ》もいる。ひとさまに失礼のないようにと、いつもわたしは息子に言い聞かせているんだ。口のきき方に気をつけてほしいものだね、だれだか知らないが。それから、もうひとつ言っておく。くさっていようがいまいが、タマネギほどおいしいものはない。何日もたったピザの、くさりかけタマネギトマトソース味なんかは一番だよ」

「のう、そこなキツネ、わたしはタマネギについて言い合いをしたいわけではないのだよ」

ふしぎな声が言った。

「実は、それよりはるかに深刻《しんこく》な問題が、この心を占《し》めておる」

「問題って何だい?」父さんが聞いた。

「ここから脱出《だっしゅつ》することだ。わたしはすでに数百年という年月、この土の下に閉《と》じこめられておる。だが、わたしは外へ出ねばならないのだ。そちの手を貸《か》せ。これは命令《めいれい》であり、わたしの命令に背《そむ》くことはゆるされない」

地下からの声が、ずいぶんえらそうに言った。

父さんは、えらそうに命令されるのが大きらいだ。だから父さんは、その「命令」をどう思うかを、はっきりと、しか

も失礼《しつれい》じゃない言い方で教えてやった。
「えらそうにあれこれ言うのは、やめてほしいものだね。自分を何様だと思っているんだい。たすけてほしいなら、わかるようにせつめいするものだよ。どこにいるかもわからないのに、どうやってたすけられる？　おまけに、あんた

がだれかも知らないんだ。今のところ、あんたはあかの他人。それも、ただの、すがたの見えないいばりやってだけだ。どこにいるんだい？　一体だれなんだい？」

「わたしは王である」

ふしぎな声は、もっとえらそうに言った。

「キツネよ、そちが話している相手は、この国の王であるぞ」

3

くさったタマネギ、それからハイタッチ

それを聞いて父さんは、わらい出した。

「はい、はい、はい、そうだろうとも。この国の王様ね。そういうことか、飲みすぎたんだな。ちょいと羽目《はめ》をはずして深酒したってわけだろう。夜中にふらふら歩くあんたみたい

な王様には、しょっちゅう会ってるよ。それにしても、すがたが見えない人は、はじめてだな。すがたが見えないよっぱらいには、はじめて会った。さて、小さい息子《むすこ》もいることだし、家に帰るとしよう。すっかりおそくなっちまった。では国王陛下《へいか》、おやすみなさい」

「待て。行かないでくれたまえ」

地面の下の声が、たのむような言い方になった。

「キツネ殿《どの》、おねがいだから行かないでくれたまえ。できることなら、すがたを見せたいと思う。しかし、そこが大きな

郵便はがき

恐縮ですが
切手をおは
りください

1620815

東京都新宿区筑土八幡町2—21

株式会社
評論社

読者通信カード係 行

読者通信カード

書　名			
ご氏名			歳
ご住所	(〒　　　　　　)		
ご職業 (ご専門)		ご購読の 新聞雑誌	
お買上 書店名	県 市	町	書店

本書に関するご意見・ご感想など

＊お送りいただいた情報は、小社が責任をもって管理し、以下の目的以外には使用いたしません。

- 今後の出版活動の参考とさせていただきます。
- ご意見・ご感想を匿名で小社の宣伝物等に使わせていただく場合がございます。
- DM、目録等をお送りすることがございます。

問題であってな、わたしはここから出ることができないのだ。キツネ殿ならびにそのご子息《しそく》、どうか聞いてほしい。おねがいしたいのは、ほんのささやかなたのみ事でな。ここらあたりをむだにほり返している、あのおろかな考古学者たちに、わたしの居場所《いばしょ》を知らせてもらいたいのだ」

「父さん、コーコガクシャって何？　どんな人？　何をする人？」

ぼくが聞いた。

「地面をほじくり返す人だよ、ぼうや。古い物をさがすためにね」

「古い虫のこと？」

「もっと古い物だよ、ぼうや。古くてもっと大きな物や、古い家や、古い品物を地面の下からほり出す。古い人間の骨《ほね》をほり出すこともある」

「時として、地面の下の古い王もほり出す」

地面の下の声が、つけくわえた。

「ちかって言うが、わたしはよっぱらいではない。羽目《はめ》をはずしてもいないのだ、キツネ殿《どの》。わたしは、何百年もの間

55

地面の下に埋《う》められたままでいる古い王だ。わたしは外へ出たい。だが、あのとんまな考古学者どもがほりあてない限《かぎ》り、出ることがかなわぬ。そこで、そなたに彼《かれ》らをみちびい

てもらいたいのだ。彼《かれ》らはわたしを探《さが》すために、すでに何か月もの間ほりつづけているが、実に見当はずれの場所ばかりほっておる。ここがわからず、失敗《しっぱい》ばかりなのだ。そなたたちに呼《よ》びかけたように、彼らに向けてもずっと呼びかけているが、少しも耳にとどかぬ。キツネ殿《どの》は、聴《き》く力が人間よりずっとすぐれているのだろう? そうにちがいあるまい。結《けっ》局《きょく》わたしの声に気づいてくれたのは、キツネ殿だから」

「人間よりキツネの方が、何だってすぐれているよな? ぼうや」

57

父さんが言った。

「そのとおり！」

ぼくが答え、ハイタッチをした。

「キツネ殿は、ほる能力《のうりょく》にもすぐれているにちがいないな？」

地面の下の声が言った。

「キツネはただ、世界一のトンネルと、世界一深い巣穴《すあな》がほれるってだけだよ」

父さんがむねをはってこたえた。

「キツネは、くさったタマネギのにおいがするかもしれないけど、そのくさい巣穴《すあな》が大すきなのさ。そうだろ？　ぼうや」

そこで、また、ハイタッチ。

「どうか聞いてほしい、のうキツネ殿《どの》」

地下の人は、はじめとはぜんぜんちがう言い方になっていた。

「くさったタマネギのにおいなどと無礼《ぶれい》な言い方をして、まことにもうしわけなかった。あれは悪意にみちた言葉《ことば》であった、どうかゆるしてほしい。もしもそなたが、わたしの居場《いば》所《しょ》に向かって世界一のトンネルをほってくれるなら、大変《たいへん》うれしく思うのだがいかがだろうか。そなたたちがほり進める間、わたしは話しかけつづけよう。なに、それほど時間はかかるまい。すぐに見つけられるだろう。いずれにせよ、そなたが見つけてくれるまでは、わたしはどこにも行きようがないのだ」

父さんは、じっくり考えてから口を開いた。

「少し整理させてもらいますよ、王様。わたしと、この小さな息子《むすこ》は、本当ならとっくに家に帰って、くさい巣穴《すあな》の中でぐっすりねむっているはずなんだが、そのわれわれに、あんたのいる所までほって、ほって、ほりつづけてほしいとおっしゃる。しかし、ひとばんじゅうかかるかもしれないでしょう？　朝まで家に帰らなかった場合、うちのおくさんとの間に持ち上がるトラブルについて、どうお考えですかね？　おさない息子《むすこ》を朝までつれまわしたとどなられるのは、このわたしですよ、王様。ああ、おそろしい」

父さんは首をふりふり、チェッと、したうちをした。たいした役者だよ、父さんは。

「けれど、もしもわたしらが、あなたのたのみを受け入れたとしてですよ、王様、その見返りはどうなります？　わたしの言ってる意味、おわかりですよね？　つまり、お礼はもらえますか？」

「おお、昔から言うとおり、キツネはなんと知恵《ちえ》がまわるものよ」

　地面の下の人が言った。

「はい。そのとおりですよ、王様。キツネにしても、王様にしても、この世で生きていくには知恵《ちえ》がないといけません。キツネのように知恵者でないとね」

「キツネ殿《どの》、その点に関《かん》しては、まったく同感だ。みじんも異論《いろん》がない。よろしい。そなたがこの世でもっとも望《のぞ》むことを言ってみよ。なんなりとかなえよう」

「へぇ、あなたにどんな力があるっていうんですかね？　考

ともせ！ おすすめYA本

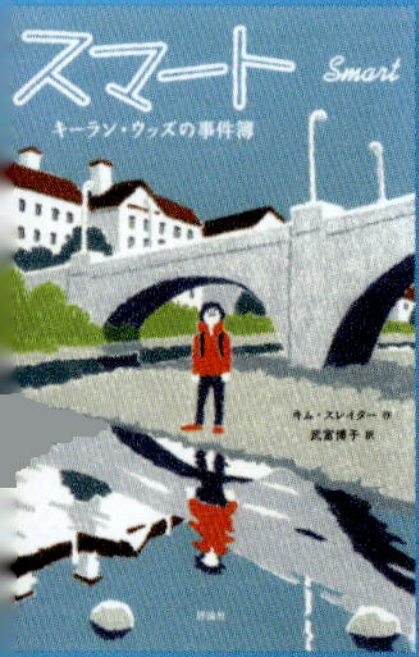

『スマート
―キーラン・ウッズの事件簿―』

ホームレスの老人が
川に浮いていた。
警察は事故だというが、
キーラン少年は
事件だと信じ、
独自に捜査を開始。
出色のデビュー作。

キム・スレイター 作
武富博子 訳
定価：本体1400円＋税

『セブン・レター・ワード―7つの文字の謎―』

吃音のあるフィンレイ少年の特技は「スクラブル」という単語ゲーム。失踪した母さんをひとりで探しだそうとするが……。

キム・スレイター 作　武富博子 訳
定価：本体1500円＋税

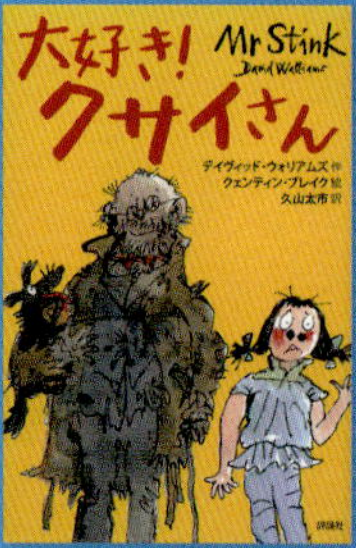

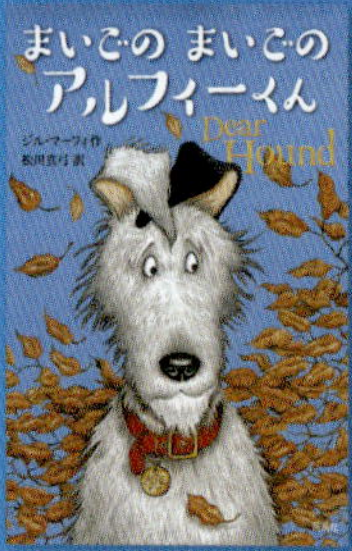

月は、ぼくの友だち』

ョーの夢は、天文学者に
ること。突然、億万長者
あとつぎに、と望まれたら？

タリー・バビット 作
だまともこ 訳
価：本体1400円＋税

『大好き！ クサイさん』

路上生活者のクサイさん
が気になるクロエ。
二人の友情のゆくえは？

デイヴィッド・ウォリアムズ 作
久山太市 訳
定価：本体1200円＋税

『まいごのまいごの
アルフィーくん』

体ばかりでっかい子犬が
まいごになっちゃった?!
かわいいイラスト満載。

ジル・マーフィ 作　松川真弓 訳
定価：本体1200円＋税

「海外ミステリーBOX」

すぐれたミステリー作品にあたえられるエドガー・アラン・ポー賞。
そのジュニア部門とYA小説部門の受賞作・ノミネート作を中心に
集めた傑作ミステリーのシリーズ。〈定価:本体1400円〜1600円+税〉

2012年受賞作

『沈黙の殺人者』

ジェレミーは絶対殺人犯
なんかじゃない!……
沈黙する兄。兄の無実を
信じる妹。裁判の行方は?

ダンディ・D・マコール作
武富博子訳

2006年受賞作

『ラスト★ショット』

カレッジバスケットボール
の世界で起きた脅迫事件。
読後感さわやかな傑作
スポーツ・ミステリー。

ジョン・ファインスタイン作
唐沢則幸訳

2008年ノミネート作『闇のダイヤモンド』キャロライン・B・クーニー作　武富博子訳

2008年ノミネート作『深く、暗く、冷たい場所』メアリー・D・ハーン作　せなあいこ訳

1999年受賞作『危険ないとこ』ナンシー・ワーリン作　越智道雄訳

1986年ノミネート作『とざされた時間のかなた』ロイス・ダンカン作　佐藤見果夢訳

1979年受賞作『ウルフ谷の兄弟』デーナ・ブルッキンズ作　宮下嶺夫訳

1976年受賞作『死の影の谷間』ロバート・C・オブライエン作　越智道雄訳

1973年受賞作『マデックの罠』ロブ・ホワイト作　宮下嶺夫訳

2012年ファンタスティック・ブック賞受賞作
『天才ジョニーの秘密』エレナー・アップデール作　こだまともこ訳

心に希…

映画化決定

定…

『希望の海へ』

戦災孤児のアーサーは
オーストラリアに送られて……
父娘二代にわたる
希望の物語。

マイケル・モーパーゴ 作
佐藤見果夢 訳
定価:本体1680円+税

『走れ、風のように』

走るために生まれた一頭の
グレイハウンド。数奇な運命
の果てにつかんだ幸せは?

マイケル・モーパーゴ 作
佐藤見果夢 訳
定価:本体1200円+税

『スモーキー山脈からの手紙』

古ぼけたホテルに集まっ…
四家族。思いもしなかっ…
つながりが生まれる物語。

バーバラ・オコーナー 作
こだまともこ 訳
定価:本体1500円+税

ロアルド・…
ロアルド・…

1 おばけ桃が…
（柳瀬尚紀=…
2 チョコレー…
（柳瀬尚紀…
3 魔法の…
（宮下嶺夫…
4 すばら…
（柳瀬尚…
5 ガラ…
（柳瀬…
6 ダ…
（柳…
7 …
8

63

古学者どもに、自分がいる所もおしえられないってのに」

父さんが聞いた。

「今は、王にふさわしい埋葬《まいそう》がなされていないからだ。ここから出してくれれば、何事もなしうる力を持つであろう。さあ、望みを言ってみよ」

4

67

王の約束《やくそく》

「いやなに、たいしたことじゃありません」

父さんが言った。

「とは言っても、なかなかむずかしいでしょうな。われわれには、大きなねがいがあるんですよ。われわれのチーム、レスター・シティーが次の試合《しあい》に勝ちますようにというねがい。

そうだろ、な、ぼうや？　それから……」

「たやすいこと。では取引成立《せいりつ》だ」

　地面の下の声が、父さんをさえぎった。

「ここから出してくれたら、次の試合で勝たせよう」

「いやいや、話にはまだつづきがあるんですよ、王様。次の試合だけじゃなく、その次も、そのまた次も、そのまたまた次も、ずっと勝ちつづけてほしい。トッテナム・ホットスパーにも、マンチェスター・ユナイテッドにも、マンチェスター・シティーにもリヴァプールにも勝ってほしい。やつらをすっかり打ち負かしてもらいたいんだ。とくにチェルシーにはどうしても勝たせたい。わたしらのねがいは、レスター・シティーがプレミアリーグのトップに立ち、世界一になること。わたしも、息子《むすこ》も、ほかの家族も、しんせきも、フォックスをずっとおうえんしているのに、ひとつも勝てないときてる。こないだのシーズンなんかリーグのほぼ最下位《さいかい》で、今シーズンのリーグ内での勝率《しょうりつ》予想は五千分の一なんだから。王様、何とかして勝たせてくれて、大きなねがいをかなえてくれるって言うなら、ほってやろうじゃないか。あんたのいるところまでトンネルをほって、そこから出してあげますよ。それができないなら、話はおしまい。さあ、どうするか決めてくれ」

「キツネ殿《どの》、これはまたずいぶんな取引を持ちかけたものだな。よろしい、わかった。約束《やくそく》しよう。わたしがここから出て、王にふさわしく埋葬《まいそう》されたら、そなたのおうえんするチームの勝ちを保証《ほしょう》しよう。そのとおり約束する」

「約束、約束って、口で言うのはかんたんだけど、どうやって約束をまもるかがかんじんだよ。ねえ王様、いったいどうやって約束をまもるっていうんだい？　あんたにそんなことができるかどうか、どうしてわかる？　本当に約束をまもれるのかい？」

「王が約束をたがえるなど、ありえないこと。キツネよ、今そなたが言葉《ことば》を交《か》わしている相手は、この国の正統《せいとう》な王であるぞ」

地面の下の声が、またえらそうになった。

「この国においてひとたび王が口にすれば、それは実行されたも同じ。おわかりか？　われこそが国王であり、この国の支配者《しはいしゃ》である。ひとたび王にふさわしい威厳《いげん》をもってこの身が埋葬《まいそう》されたならば、何事であれなしとげられるであろう。たとえ実現《じつげん》不可能《ふかのう》な夢《ゆめ》と思えることであろうとも。『人生は夢と同じ、眠《ねむ》りとともに消え去る……』（「テンペスト」より）くそ！　またやってしまった。聞いたか？　いつのまにか口走ってしまう。あの下劣《げれつ》で悪辣《あくらつ》至極《しごく》なへぼ文士《ぶんし》、シェークスピアが書いたセリフが出てしまうのだ。『なんと下劣なごろつきであるか』（「ハムレット」より）おっと、まただ！

これも、やつのセリフ。やつの言葉《ことば》がわたしをなやます。やつがわたしをなやます。わたしの頭の中にあいつが巣食《すく》っている。あいつの声が、言葉が、詩が、芝居《しばい》がわたしをいためつける。あの極悪非道《ごくあくひどう》の芝居書きが、わたしの生と死を、今日のこの日にいたるまでおとしめているのだ」

しゃべっているうちに地中の人はますますいきり立ち、しまいには大声でどなり出していた。

たまらずぼくは父さんのしっぽの下にかくれたが、それでもこわくて体がふるえた。

「ああ！　ああ！」地下からの声が、まだつづく。

「わたしは一頭の馬のせいで、一国を失《うしな》った。『馬を持て、馬を！　代わりにこの国をとらそう！』（「リチャード三世」より）そら、またあいつが書いたセリフだ。たしかにあのボズワースの野での戦《たたか》いにおいて、馬を失い、王座《おうざ》を失い、命を失ったことは、痛恨《つうこん》の極みであった。しかし、それにも増《ま》して残酷《ざんこく》な仕打ちは、シェークスピアが、このわたしの名誉《めいよ》を失わせたことだ。『おお名誉、名誉、名誉！　わたしは名誉を失ってしまった！』（「オセロ」より）。あいつが書いた

『リチャード三世』という芝居《しばい》の中で、あの下劣《げれつ》な悪党《あくとう》めは、こともあろうにこのわたしを、極悪人《ごくあくにん》、裏切者《うらぎりもの》、人殺《ひとごろ》しとして描《えが》きおった。たしかに世界一の国王ではないかもしれないし、この上もなく潔白《けっぱく》とは言えないであろう。だからといって、この上もなく邪悪《じゃあく》な人間では決してないのだ。それなのに、今や国を越《こ》えてほめちぎられているのはだれだ？　わたしか？　この国の冠《かんむり》をいただいた誇《ほこ》り高き国王である、このわたしだろうか？　いやちがう。こともあろうに、あの唾棄《だき》すべき、非道《ひどう》のざれ歌作家、下劣な芝居書きのウィリアム・

「馬を持て、馬を！
代わりに
この国をとらそう！」

シェークスピアなのだ！　それに引きかえ、わたしはどうだ？　王にふさわしい埋葬《まいそう》もされず、人知れずこのレスターの駐車場《ちゅうしゃじょう》の下にいる。他の王や女王はみな、聖堂《せいどう》の中の墓所《ぼしょ》に祀《まつ》られているというのに。だがしかし、あの者ども、あの考古学者どもがほりあてさえすれば、わたしも再《ふたた》び光を浴《あ》びることができ、再び国王としてたたえられるであろう。人々も、歴史《れきし》も、シェークスピアが作り上げたうそっぱちではなく、真のわたしを見出だすであろう。おねがいだ、親愛《しんあい》なるキツネ殿《どの》、わたしをこのおぞましい駐車場の地下から出してくれまいか。さすれば、レスター・シティーのフォックスがリーグを勝ち進むことを保証《ほしょう》しよう。約束《やくそく》だ。これは国王の約束である」

ともかく、どっちにしても父さんは土をほるのがすきで、ぼくも同じだった。ほってあげても、何てことないだろう？ それに、土をほれば虫にありつける。運がよければ、太ってコロコロした大きな虫が見つかるかもしれない。

それに、もし王様が本当に約束をまもれば、レスター・シティーは、虫よりもっといいものを手にいれるだろう。

だから、父さんとぼくは土をほった。

5

85

夢《ゆめ》をほりあてる

ぼくらは駐車場《ちゅうしゃじょう》の下をほりまくった。深く深くほり進んだ。しょうじきに言えば、ほったのは父さんで、ほった土をすくって出すのがぼくの役目だったけど。ひたすらほってはすくい、ほってはすくった。

そのあいだじゅう、ずっと王様はぼくらに語りかけていた。ほとんどは、ボズワースの戦《たたか》いで王をふり落としてにげた、なさけない馬のことだった。そのすぐあとに王は敵《てき》に切り殺《ころ》されたのだそうだ。戦場《せんじょう》では馬を信《しん》じてはいけない。戦場での馬は少しもゆうかんではなく、ただ体の大きいおろか者だと、王様は言った。あとは、もちろん、どれほどあのウィリアム・シェークスピアが大きらいで、にくんでいるか、王様はそればかり言っていた。

父さんは王様をおこらせないように、ぼくだけに聞こえる小さい声でこんなことを言った。

一度公園で野外劇《やがいげき》をやっていて、それがシェークスピアのお芝居《しばい》だったけれど、王様が言うほどひどくはなかった。たしか「真夏の夜の夢《ゆめ》」という題名だと思う。よくわからないところもあったけれど、ともかく楽しくわらえる出し物だった。

とくにおもしろかったのは、はたおりのボトムの頭がロバになってしまうところだって。それから、パックという名前のいたずらな妖精《ようせい》も出てきたって。

「あいつはちょっとキツネっぽいな」
土をほりながら父さんが言った。

「わたしとにたところがある。おまえにもちょっとにてる。自分からトラブルに飛《と》びこんでいくタイプだよ」

「それでもしまいにはなんとか切りぬける。われわれキツネのように！」

つらく長い夜だった。けれど、父さんとぼくはほりながらずっと話していた。どの試合《しあい》もどの試合もフォックスが勝ちつづけたら、今シーズンの成績《せいせき》はどうなるだろうって。

父さんとぼくは、一戦《いっせん》ずつ予想してみた。だれがゴールを決めるか……。

もちろんヴァーディだ。ヴァーディがボールをうばい、クロスボールをあげる、かんぺきなパスを出し、それからペナルティーをいくつもとる。

トッテナム・ホットスパー対レスター・シティー　〇対四
マンチェスター・ユナイテッド対レスター・シティー　一対三
サウザンプトン対レスター・シティー　一対六
チェルシー対レスター・シティー　〇対十

勝ち試合を思いうかべるたびに、「心の目で見たんだ」

（「ハムレット」より）。またシェークスピアだ。王様の言うとおり、シェークスピアのセリフは、いつのまにか出てくる。ゴールを思いうかべるたびに、土をほる手足に力がこもった。出てくる虫を次々に食べて、力をつけた。

夜明け前には、王様のにおいがかかげるほど近くまでほっていた。

「これぐらいほれば、どんなぼんくらな考古学者でもあなたを発見できるでしょう、王様。町の人が起き出す前に、わたしたちは家に着きたいんでね」

父さんが言った。

王様は、とてもていねいな言葉《ことば》でお礼を言った。

けれど父さんは、ていねいな言葉ぐらいではごまかされない。

「考古学者に発見されたあとは、約束《やくそく》をまもってくださいね、王様」

「まもるとも。ご心配にはおよばない、キツネ殿《どの》ならびにそのご子息《しそく》。約束はまもる。わたしは約束をまもる王であるからな」

しばらくして、ぼくらはしのび足で通りを歩き、とちゅうでゴミ箱をいくつかチェックしながら、庭の物置《ものおき》の下の、あたたかくて、すばらしくくさい巣穴《すあな》にもどった。

帰ってから、母さんといもうとたちにすっかり話して聞かせた。

母さんはおこったのなんの。ぼくらがいつまでも帰らないから、心配でぐあいがわるくなりそうだったと母さんは言った。

それから、地下からの声にたのまれたからといって、ひとばんじゅう地面をほるとは、しかもばかげた約束《やくそく》のためだなんて、とんでもない時間のむだだと言った。

いもうとたちもおこった。父さんがピザもフライドポテトも持って帰らなかったからだ。

そしてぼくには、お兄ちゃんだけがそんなふしぎなぼうけんをしたと、やきもちをやいた。あたしたちだってスタジアムに行きたかったのにずるいと言った。あの子たちは、時々そうやってぼくをこまらせるけど、それでも、やっぱりいもうとたちが大すきさ。

その夜、信《しん》じられない夢《ゆめ》を見た。フォックスがリーグ優《ゆう》勝《しょう》してヴァーディが優勝カップを高くささげ、レスターじゅうの人々と国じゅうのキツネが大よろこびしている夢だった。大よろこびだよ。

そういえば、あの次の日レスターの駐車場《ちゅうしゃじょう》で、何百年も前の王様、リチャード三世の骨《ほね》が発見されたということだ。ぼくと父さんがほったトンネルをたどった考古学者たちが、発見したようだ。

その場所を教えたのはキツネらしいという、うわさがでている。本当は、キツネの親子だけど。

そのあと長い間、歴史学《れきしがく》上だか、政治学《せいじがく》上だかのめんどうな話し合いがあってから、ようやく本物のリチャード三世の遺骨《いこつ》だということになって、あの人は、今度こそちゃんとしたお墓《はか》におさめられた。

本人があれほどねがっていた、国王にふさわしい敬意《けいい》と、品位《ひんい》をもって、うやうやしくレスター大聖堂《だいせいどう》におさめられたのだ。

あれほどねがっていた、国王にふさわしい敬意《けいい》と、品位《ひんい》をもって、うやうやしくレスター大聖堂《だいせいどう》におさめられた。

この話には、まだつづきがある。

ウィリアム・シェークスピアはまちがっていた。少なくともある部分は。イングランドの国王リチャード三世は、シェークスピアが作りあげたような、血もなみだもない悪人ではなかった。

あの人は約束《やくそく》をまもる王様だった。ちゃんと、あの約束をまもったもの。

6

わあい、ピザだ！

　どうして王様に、あんなことができたのか、ぼくらにはわからないし、それはどうでもいい。

　シーズンのスタートから、ぼくらのフォックス、レスター・シティーは、試合《しあい》に勝ちだした。

まずはじめに、サンダーランドを四対二で負かした。よゆうで。

おつぎは、二点先に取られていたアストン・ヴィラ戦《せん》を三対二で逆転《ぎゃくてん》してしまった。後半の三十分で三ゴールを決めて勝ったんだ。これも、らくらくのよゆうで。

じきにフォックスはリーグ五位《い》にあがった。

ぼくたちは地元レスターでの試合《しあい》は全部見に行った。父さんとぼくだけじゃなく、家族みんなで行ったんだ。

父さんとぼくは、もちろん試合を見るためだったけど、母さんといもうとたちは試合のあとのごちそうが目当てだった。トマトソースのしみたホットドッグや、ピザの食べのこしや何かだ。

ぼくと父さんは心配だった。勝ってるにしても、相手の点がなんだか多すぎる。どうも、まずいんじゃないか？　王様が約束《やくそく》したリーグ優勝《ゆうしょう》には、まだまだ遠いのに。

それでも王様は平気な顔で、こう言った。

「友よ、心配はいらない。監督《かんとく》のラニエリという男に話をしてある。夢《ゆめ》の中で言っておいたのだ。『鼻薬だ。選手《せんしゅ》たちにほうびをとらせよ。それしかない』とね。王は、そうしたことには、まことに長《た》けておるからな」

何日かたって、こんな話を聞いた。ラニエリ監督《かんとく》が選手《せんしゅ》に約束《やくそく》したらしい。相手チームにゴールをひとつもあたえず、〇点におさえたら、ごほうびとして選手全員にピザをごちそうするって。

なんとこれが大当たり！　フォックスの選手はボールを追って追って追いまくり、走りまくった。そしてフォックスのキーパーはゴールをまもりにまもりぬいた。

クリスタル・パレスとの試合《しあい》の日には、ぼくら全員がスタジアムにいた。ぼくらキツネの一家全員は声をからしておうえんした。

そして、みごと相手チームに一ゴールもゆるさず一対〇で打ち負かしたあと、選手一同がピザにかぶりついていた時には、ぼくらもピザ店のうらの路地にいた。

選手たちがおなかいっぱい食べたあと、ぼくらは、店の外のゴミ箱で食べのこしのピザをいただいた。選手たちの食べのこしも、サポーターの食べのこしもまざっていた。

「これが大当たり！」

みんなのヒーローのピザを食べつくしたんだ。あれは、世界一おいしいピザだった。

あの試合《しあい》こそ、実現不可能《じつげんふかのう》と思われた夢《ゆめ》を、みんなが信《しん》じはじめたきっかけになった。小さないもうとたちも、母さんもみんな、あのころにはもう、ピザだけじゃなくサッカーが大すきになっていた。

クリスタル・パレス戦《せん》からあともフォックスは勝ちつづけ、ラニエリ監督《かんとく》はチームのみんなにピザをごちそうしつづけた。フォックスは、どの試合でも相手にほとんどゴールをゆるさなかったからだ。

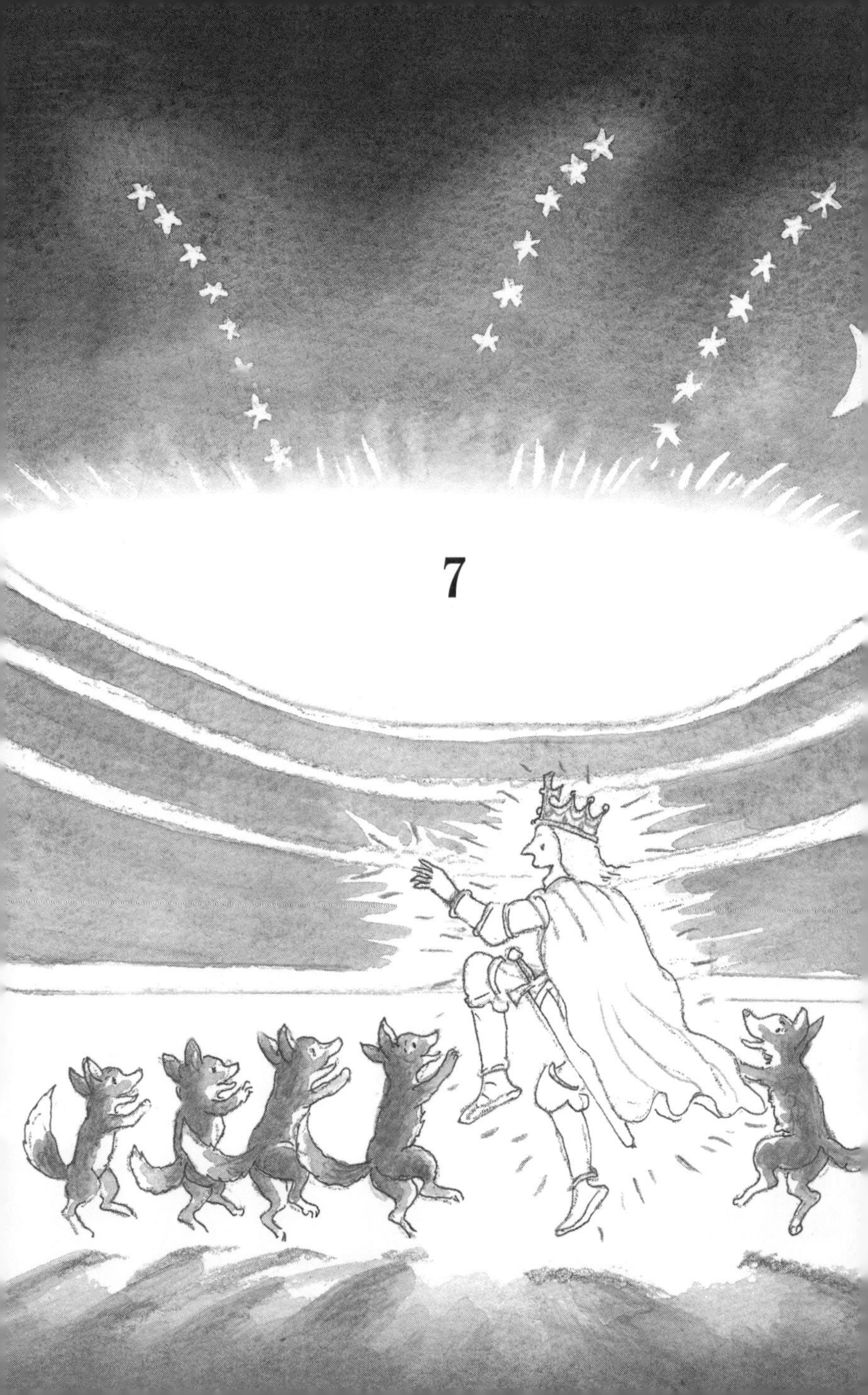

7

終わりよければすべてよし

それから月日が過《す》ぎた月の明るい夜、ぼくらはレスター・シティーのスタジアムにいた。フォックスがプレミア・リーグで勝利をおさめた日だ。

レスターの町は、お祭りさわぎだった。町でも、村でも、公園でも、野でも、山でも、キツネというキツネが月に向かって声をふりしぼり、遠ぼえをしていた。

それと反対にレスターのスタジアムには人気《ひとけ》がなく、ひっそりとしずまり返っていた。

その日、レスターは試合《しあい》がなかった。大きらいなチェルシーがトッテナムと引き分けたおかげで、われらがフォックスの優勝《ゆうしょう》が決まったのだ。だから、父さんとぼくはよけいにうれしかった。

だれもいないスタジアムの、がらんとしたピッチに、ぼくらみんなが集まっていた。ぼくと父さん、母さん、いもうとたち。それから、王様の幽霊《ゆうれい》も来た。王様は、約束《やくそく》通りねがいをかなえてくれた、たいせつな友だちだ。

「今夜は幸せかな、キツネ殿《どの》？」

王様の幽霊が聞いた。王様は、体が少しすきとおっているけど、それは幽霊だからしかたがない。なれれば、なんてことないさ。幽霊だけど、少しもこわくはない。へんな感じはあるけど、こわいことはない。

「あなたのおかげで、今夜は国じゅうのキツネが幸せですよ、王様」

父さんが言った。

「しかし、いったいどうやって、こんなことができたんです？」

「申《もう》したであろう、国王は、何事をもなしとげる力を持つ。たとえ不可能《ふかのう》な夢《ゆめ》と思えることであろうとも。国王の幽霊《ゆうれい》なら、なおさらだ。とらわれの身の時にはできなかったがな」

「『人生は夢《ゆめ》と同じ、眠《ねむ》りとともに消え去る……』（「テンペスト」より）」

と、父さんが言った。

「シェークスピアのやつめ、そなたの頭の中にもいすわっているのか」

「シェークスピアといえば、今度の土曜に公園で、また『真夏の夜の夢』をやるそうですよ。家族で見に行きますけど、王様もごいっしょしませんか？」

父さんがさそった。

そういうわけで、ぼくらはみんなでお芝居《しばい》を見に行くことになった。

さわやかな夏の夕方だった。父さんが言ったとおり、パックというのは本当にいたずらな妖精《ようせい》で、ちょっと父さんににてると思った。ぼくにもにている。ぼくたちキツネににている。キツネのようにかしこいんだ。

シェークスピアのことにし

ても、父さんの言ったとおりだと思った。

おもしろいお芝居《しばい》だった。王様の幽霊《ゆうれい》でさえ、しぶしぶそれをみとめた。歩きながら帰る時、王様が小さな声でつぶやいた。かすかに聞こえるぐらいの小さい声で。

「『終わりよければすべてよ

し』（シェークスピア戯曲《ぎきょく》の題名）」

「そのとおり！」

ぼくが言って、そのあとみんなでハイタッチをした。王様の幽霊《ゆうれい》もいっしょにね。

レスター通信《つうしん》

まさかの夢《ゆめ》は、こうしてかなえられた

監督《かんとく》の力だろうか？　それとも選手《せんしゅ》の力だろうか？　またはサポーターの力だろうか？　いったいどうして、シーズンはじめには五千分の一も勝ち目がないと言われていたチームが、実現不可能《じつげんふかのう》と思えた夢をかなえ、プレミアリーグ優勝《ゆうしょう》

に輝《かがや》いたのだろうか？

一説《いっせつ》では、二〇一二年に市内の駐車場《ちゅうしゃじょう》の地下で遺骨《いこつ》が発見され、今年になってやっと、レスター大聖堂《だいせいどう》に祀《まつ》られた十五世紀《せいき》の国王リチャード三世の霊《れい》からの感謝《かんしゃ》の気持ちではないかと言われる。

夜更《よふ》けのレスター市内で、幽霊《ゆうれい》のようなすがたが漂《ただよ》うのを見たという証言《しょうげん》は多い。ある人は、幽霊の顔はローレンス・オリビエに似《に》ていたと言い、またある人は、ベネディクト・カンバーバッチの方が近いと言う。どちらの俳優《はいゆう》も、映画《えいが》でリチャード三世を演《えん》じている。

しかし、この奇跡《きせき》的《てき》な成功《せいこう》の理由としてレスターファンの間でささやかれているのは、もうひとつの説《せつ》だ。今シーズン、試合《しあい》ごとにスタジアムでキツネの一家が見かけられた。このレスターの福ギツネのおかげで勝てたというのだ。さまよい歩く王の幽霊《ゆうれい》よりも、キツネの目撃《もくげき》情報《じょうほう》の方が、ずっと信《しん》じられるのではないだろうか。

キツネというのは、ひどくくさいものだ。記者も実際《じっさい》にスタジアムで、そのにおいをかいだおぼえがある。そう、確《たし》かにキツネが来ていたと、この鼻が証言《しょうげん》する。
ありがとう、キツネたち!!
本当にありがとう！

レスター・シティーFC《エフシー》について

マイケル・フォアマン

一八八四年、レスター市のウィッゲストン大学の卒業生《そつぎょうせい》がサッカーチームを作った。一八九〇年には、練習場だったフォッセ通りの空き地から名前をとって、チーム名をレスター・フォッセとした。

レスター・フォッセ・チーム 1892 年

一九〇八年に一部リーグに進出したが、次のシーズンには下位《かい》リーグに落ちてしまった。それからの百年は山あり谷ありで、最高《さいこう》でも一九二九年の一部リーグ第二位どまりだった。

二〇〇二年には一億《おく》三百万ポンドの債務《さいむ》を負い、二〇〇八年には三部リーグに落ちて創設以来《そうせついらい》の最低位《さいていい》となった。

ところが、それまで行方不明《ゆくえふめい》となっていた国王リチャード三世の墓《はか》が二〇一二年八月にレスター市内の駐車場《ちゅうしゃじょう》の地下から発見されると同時に、奇跡《きせき》のようにフォックスが勝ちはじめたのだ。

二〇一四年には、みごと十年ぶりにプレミアリーグに復帰《ふっき》、そのシーズンの終わりには、何とかプレミアリーグにとどまり、二〇一五—一六シーズンはまたも勝ちつづけることとなった。

レスターのプレミアリーグ優勝《ゆうしょう》は五千分の一という、きびしい予想だったが、それをうらぎって、フォックスは絶好調《ぜっこうちょう》で試合《しあい》に勝ちつづけた。

そして、とうとう創立《そうりつ》百三十二年目にしてはじめてチャンピオンになり、フォックスファンを大よろこびさせたのだ！

リチャード三世について

マイケル・モーパーゴ

イギリスの歴史《れきし》の中で、十五世紀《せいき》のバラ戦争《せんそう》ほど暗い時代はない。

白バラのヨーク家と、赤バラのランカスター家の間で国王の座《ざ》をめぐるいざこざがつづいたのだ。

この、何十年にもわたるあらそいのもとは、どちらが国王としての正統《せいとう》な血すじかという問題だった。こちらの息子《むすこ》か、あちらのいとこか、ヨーク家の血すじか、それともランカスター家の血すじか、というように、はてしなくあらそいはつづいた。

ある時は赤バラのランカスター家が勝って王になったと思うと、次には白バラのヨーク家が王座《おうざ》につくというようなぐあいで、国じゅうが混乱《こんらん》することになった。

ヘンリー、エドワード、リチャードと、国王がつぎつぎに

バラ戦争

かわり、白バラ派《は》が王になったり、赤バラ派が王になったりしたが、どの王もすぐにひきずりおろされるか、命をねらわれるかのくりかえしだった。

うらぎったり、うらぎられたり、人々は、その時のいきおいによって、どちらに味方するかを決めた。かたほうの力が弱くなったと見るとあらそいが起き、反対にもうかたほうが弱くなれば次のあらそいがはじまった。手にいれた地位《ちい》をまもるために、はむかう者をろうやに入れ、簡単《かんたん》に命をうばう、まさに暗黒の時代だった。

リチャード三世という国王は、ほかの王たちと同じようなおこないをしたかもしれないが、そんな時代だったことを考えれば、ことさらひどい悪人だったわけではない。

ヨーク公であり、白バラのヨーク家の頭だったリチャード

リチャード三世

三世は、国王になってすぐ、三十歳《さい》の若《わか》さで亡《な》くなった。

これまで何人もの人が、リチャード三世を歴史上《れきしじょう》最《もっと》も残《ざん》酷《こく》な人物と決めつけてきた。王であるためにじゃまになる二人の王子を、ロンドン塔《とう》に閉《と》じこめて殺《ころ》したというのが、大きな理由だ。けれど、はたしてリチャード三世が本当に王子たちを殺せと命令《めいれい》したのかどうか、証拠《しょうこ》はない。そもそも二人が殺されたのかどうかもわかってはいないのだ。

確《たし》かなのはただ、リチャード三世と同じく王位《おうい》につく権利《けんり》のある王子たちが、消えてしまったというだけで、リチャード三世がかかわったかどうかは、わからない。

とくにシェークスピアが「リチャード三世」という作品の中で彼《かれ》を英国史上《えいこくしじょう》最《もっと》も邪悪《じゃあく》な国王に描《えが》いたおかげで、リチヤード三世の人物像《じんぶつぞう》ができあがった。大俳優《だいはいゆう》のローレンス・オリビエが、そして最近《さいきん》ではベネディクト・カンバーバッチが映画《えいが》でリチャード三世を演《えん》じて、そのイメージはさらに広まった。

リチャード三世は一四八五年のボズワースの戦《たたか》いで戦死《せんし》したため、国王であった期間はごく短かった。赤バラ派《は》、ランカスター家こそ国王だとするヘンリー・ボリングブロークの軍《ぐん》と戦ううちに落馬したリチャードは、馬をとりもどすことができないまま敵《てき》の軍にかこまれ、兵士《へいし》に切り殺されたといわれている。

リチャードの遺体《いたい》は戦場《せんじょう》からレスターの修道院《しゅうどういん》に送られたが、国王としての葬儀《そうぎ》もないまま、とりあえず埋《う》められた。何百年もたつ間に、埋められた場所はわすれられてしまった。

それが二〇一二年になって、駐車場《ちゅうしゃじょう》の地下から、リチャード三世の遺骨《いこつ》が発見された。ふしぎなことがおきたのは、そのあとからだ。

考古学上のやりとりがあって、リチャード三世の遺骨であるとみとめられると、ようやく国王にふさわしい儀式《ぎしき》がとり

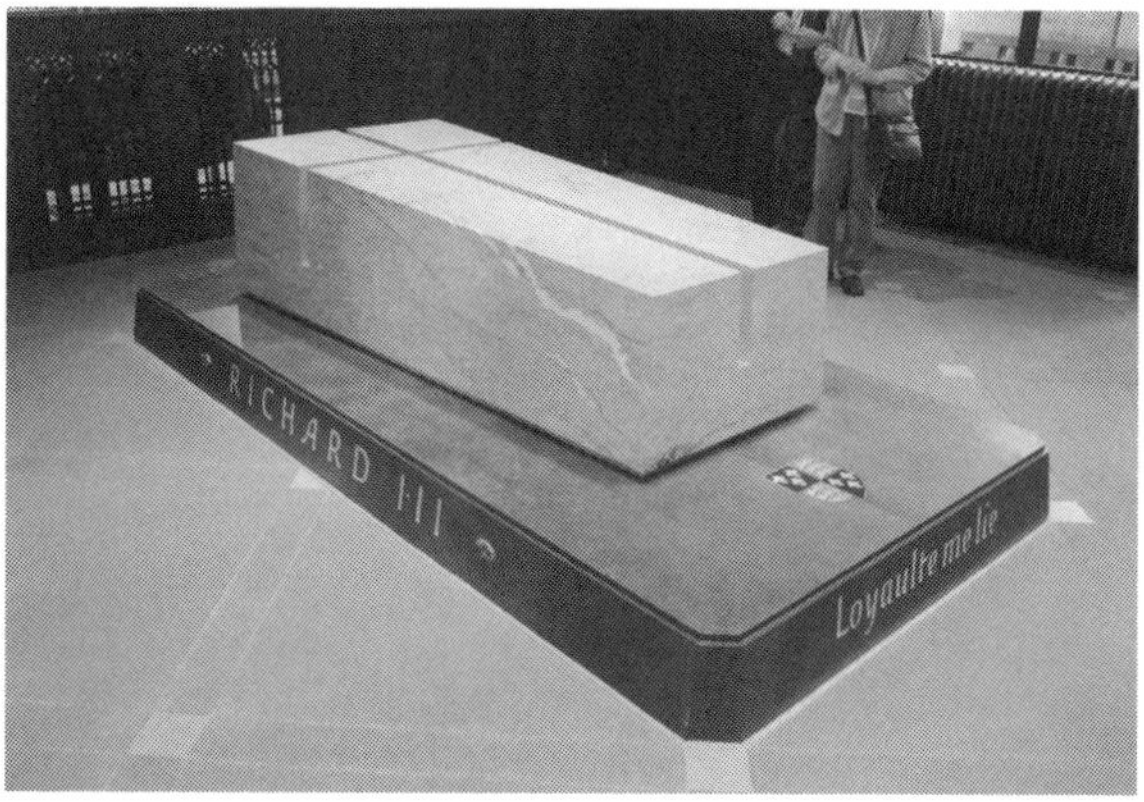

リチャード三世の墓

おこなわれ、正式にレスター大聖堂《だいせいどう》に埋葬《まいそう》された。すると、そのころからサッカーのレスター・シティー、勝てる率《りつ》は五千分の一しかないといわれるほど負けつづけていたチームがうそのように勝ちはじめ、しまいにはプレミアリーグで優《ゆう》勝《しょう》してしまったのだ。

　わたしには、何かふつうでは考えられない力があとおししたとしか思えないのだが、どうだろう？　もしかしたらキツネか、それとも幽霊《ゆうれい》が手を貸《か》したのではないだろうか。

著者：マイケル・モーパーゴ Michael Morpurgo
1943年イギリス生まれ。現代イギリスを代表する児童文学作家。2003－2005年桂冠児童文学作家に輝く。主な作品に『負けるな、ロビー！』『世界で一番の贈り物』『戦火の馬』『希望の海へ』（評論社）等

画家：マイケル・フォアマン Michael Foreman
1938年イギリス生まれ。絵本作家、イラストレーター。主な絵本に『ネコが見た“きせき”』『ミラクルゴール』（ともに評論社）。挿絵も多く手がけ、1982、89年の2度、ケイト・グリーナウェイ賞を受賞している。

訳者：佐藤 見果夢（さとう みかむ）
1951年、神奈川県生まれ。児童文学及び絵本の翻訳家。主な翻訳作品に、『戦火の馬』『希望の海へ』『走れ、風のように』他。絵本翻訳に『進化のはなし』『これが ほんとの大きさ』（いずれも評論社）他。

弱小FCのきせき
――幽霊王とキツネの大作戦

二〇一八年四月二〇日　初版発行

◆著　者　マイケル・モーパーゴ
◆挿　画　マイケル・フォアマン
◆訳　者　佐藤 見果夢
◆装　幀　内海 由
◆装　画　hiroko
◆発行者　竹下 晴信
◆発行所　株式会社 評論社
〒162-0815 東京都新宿区筑土八幡町2-21
電話　営業〇三-三二六〇-九四〇九
編集〇三-三二六〇-九四〇三
◆印刷所　中央精版印刷株式会社
◆製本所　中央精版印刷株式会社

ISBN978-4-566-01399-5　NDC933　p.148　188㎜×128㎜
http://www.hyoronsha.co.jp

マイケル・モーパーゴ作品

ケンスケの王国

板垣しゅん 絵
佐藤見果夢 訳

ヨットで世界一周の途中、海に投げ出されたマイケル少年。彼が流れ着いた島には、奇妙な日本人が一人、住み着いていた……。 イギリス「子どもの本賞」受賞。

216ページ

世界で一番の贈りもの

佐藤見果夢 訳

一九一四年のクリスマス、公式記録には存在しないが、戦場の最前線で自然発生的に奇跡の休戦が行われたという実話に基づく、美しく感動的な物語。イラスト入り。

42ページ

負けるな、ロビー！

佐藤見果夢 訳

交通事故で入院中の十歳のロビー。チューブにつながれ、寝たきりだが、耳も聞こえ、頭の中は目覚めている。意識不明の少年が、心のうちを語る不思議な物語。

112ページ

走れ、風のように

佐藤見果夢 訳

人間の都合で、次々に飼い主を変えられ、数奇な運命を生きたグレイハウンド。出合う人々の心の支えになり、幸せに導いていく、犬の深い愛情と信頼が語られる。

208ページ